AF199113

Daniela Kickl

Der Führer durch den türkis-blauen Fasching

Herrn und Menschen liebster Spass
Ist alleweil das rechte Gschnas

Bibliografische Information der Deutschen
Nationalbibliothek
Die Deutsche Nationalbibliothek verzeichnet diese Publikation in
der Deutschen Nationalbibliografie; detaillierte bibliografische
Daten sind im Internet über http://dnb.dnb.de abrufbar.

© 2019 Daniela Kickl
© 2019 Cover: Michael Dufek
© 2019 Herstellung und Verlag
BoD – Books on Demand, Norderstedt

ISBN: 978-3-7481-8944-2

Der Führer durch den türkisen-blauen Fasching –
Die Einbegleitung

Seit mehr als einem Jahr erfreut sich Österreich einer neuen Regierung. Ganz Österreich? Nein! Eine Gruppe von unbeugsamen Österreicherinnen und Österreichern hört nicht auf, sich an der Regierung genau nicht zu erfreuen.

Egal ob man Fan von Basti, Bumsti & Co, wie sie liebevoll genannt werden, ist oder eben doch nicht. Die Regierungsmannschaft inklusive parlamentarischer Anhängsel dient jedenfalls der Inspiration sowie der Erheiterung, zumindest wenn man Humor auch als Überlebensstrategie praktiziert.

Manchem Fan reicht das bloße Huldigen und der schnöde Lobgesang längst nicht mehr aus. Sie wollen mehr. Sie brauchen mehr. Dabei unterstützt dieser hier vorliegende *Führer*, der Erste seiner Art.
Das Wort *Führer* ist völlig zu Unrecht wegen des Einen, der sich so nennen ließ, in Verruf geraten. Ein Führer ist vielmehr auch, vor allem im vorliegenden Kontext, ein Ratgeber, Wegweiser oder Handbuch.

Was tun Otto Normalanhimmler und Maximiliane Mustergültig nicht alles, um ihren Vorbildern nachzueifern. Gerade die Faschingssaison bietet sich an, um den Helden mehr als nur nahe zu sein.

Sie darzustellen, all ihren Glanz auch einmal regelrecht verkörpern zu können, das ist es, was den wahren Fan zu Begeisterungsstürmen veranlasst.

Ein rauschendes Fest in adäquatem türkis-blau zu veranstalten und dann auch noch das passende Alter Ego auszuwählen, das ist fürwahr kein einfaches Unterfangen.

Noch schwieriger wird es, wenn es darum geht, den zur Darstellung Erkürten so professionell darzustellen, dass man als dieser auch wirklich erkannt wird. Von primitiver Verkleidung anhand besonderer körperlicher Merkmale, wie Nasen, Ohren oder Augenbrauen will der geneigte Fan noch nicht einmal etwas hören.

Der vorliegender Führer wird dir helfen, zum einen die richtige Lokation zu finden und auszustatten. Zum anderen wird er dir, als begeisterter Basti, Bumsti & Co – Fan, Hilfestellung bei der Verkörperung deines Vorbilds liefern.

Mittels Checkliste und Fragebogen kann eigentlich fast nichts schief gehen, außer du bist zu wenig konzentriert und außerdem Kurzschläfer. Da kann dir dann weder ich, noch dieser Führer noch sonst einer helfen.

~ ~ ~

Auswahl und Ausstattung der Lokation

Jedes gelungene Fest hängt primär davon ab, wo dieses statt-
findet. Im Falle der *"Faschingsparty in türkis-blau"* ist die Lokation per se relativ egal, kommt es doch vielmehr auf die
Ausstattung an, die den Zauber ausmacht.

Bevor du dich mit den konkreten Ingredienzien der Party aus-
einandersetzen kannst, gilt es, die richtige geographische Lage
für dein Event auszumachen.

Dafür ist folgende Checkliste abzuarbeiten:

o   Öffentliche Verkehrsmittel sollten keinesfalls in der
       Nähe sein (sonst kommen noch die *"Omas gegen
       Rechts"* mit der Bim daher).

o   Der Klubraum einer Burschenschaft in unmittelbarer
       Nachbarschaft kann nie falsch sein.

o   Melde deine Party unbedingt im Innenministerium,
       oder besser noch im BVT an. Bitte um entsprechendes
       Personal, damit dein Event auch wirklich reibungslos
       vonstatten gehen kann. Bestehe auf Polizeischutz und
       dem Mitbringen der neuen Sturmgewehre. Das ist dein
       Recht als Steuerzahler.

o **Das Gottfried-Waldhäusl-Special**
Umzäune die Lokation mit Stacheldraht. Solltest du dabei auf Widerstand seitens des Vermieters stoßen, frage diesen freundlich aber bestimmt, wie genau es mit dessen Ahnentafel aussieht. Notfalls lässt du dezent das Wort *"Ariernachweis"* fallen. Ist zwar ein bisserl retro, aber wenigstens klar verständlich.

o **Das Krankenhaus-Nord-Special**
Du reinigst die gesamte Lokation unter Zuhilfenahme deiner energetisch-energischen Expertise und legst zudem einen Schutzring drum herum. Bei skeptischen Rückfragen deines Vermieters siehe das *"Gottfried-Waldhäusl-Special"*.
Bei Anwendung dieses Specials kannst du getrost auf Punkt 1 der Checkliste verzichten, weil durch deinen Schutzring die *"Omas gegen Rechts"* eh nicht bis zu deiner Lokation vordringen können.

Wenn du eine möglichst schicke Lokalität an einem maximal geheimen Ort gefunden hast, kannst du dich daran machen, für die entsprechende Ausstattung zu sorgen.

Eine wichtige Voraussetzung ist das absolute Rauchgebot. Keinesfalls darf die Diskothek, das Wirtshaus oder der Ballsaal vor der Türe eine Gelegenheit zum Rauchen in Form von Aschenbechern an der frischen Luft bieten. Unterhalten kann man sich drinnen auch, dazu braucht es keine frische Luft.

Sollte der blaue Dunst zu dicht werden, dann fuchtelst du am besten ein wenig mit den Händen herum. *"Das ist kein Bug, sondern ein Feature"* wie wir heutzutage sagen. Damit soll ein Mindestmaß ein Bewegung gewährleistet bleiben, falls du es mit dem Tanzen nicht so hast.

Damit komme ich bereits zum zweiten Must-Have deiner Party, der Nebelmaschine. Zwar verwenden Mitglieder der Regierungsparteien vorzugsweise Granaten, jedoch stehen selbige Hinz und Kunz sicherlich nicht zur Verfügung. Der gewünschte Effekt der Verirrung und Verwirrung wird dennoch eintreten.

Als Mitternachtseinlage kannst du den produzierten Nebel blau einfärben lassen. Solltest du über gute Kontakte zu einem öffentlich-rechtlichen Stiftungsrat verfügen, kannst du dir vielleicht das Einfärbefluid der Marke *"Steger"* besorgen, das für besondere Durchbläuungsqualität bekannt ist. Damit gewährleistest du, dass ein Maximum an Wohlbefinden in die morschen Knochen deiner Gäste zieht, sind sie blaue Nebelschwaden doch gewohnt.

Jede Party soll Spaß wie Freude bereiten, und was eignet sich besser zum Heraufbeschwören einer Gemeinschaft als das gemeinsame Singen. Dafür brauchst du einerseits eine Band. Da du als Krethi oder Plethi keinen Zugang zu Steuergeldern hast, kannst du auch eine kleine, aber zünftige Kapelle engagieren. Am besten mit Spezialisierung auf antike Marschmusik, damit sich das Flair der Vergangenheit zielgerichtet verbreiten kann.

Andererseits ist eine ausreichende Anzahl an Liederbüchern vonnöten. Achte penibel darauf, dass zumindest deine Lieblingslieder klar und deutlich lesbar sind. Nichts kann die Stimmung mehr zerstören, als wenn dein Gesangsnachbar von *"Agathe Bauer"* trällert, während du in weltmännischem Englisch doch lieber *"I've got the power"* intonierst.

Dieser Peinlichkeit kannst du natürlich auch damit entgegenwirken, indem du ausschließlich deutschsprachige Lieder vorgibst. Von neumodischen und/oder pazifistisch angehauchten Liedgut wie beispielsweise *"99 Luftballons"* von Nena ist abzuraten. Das könnte sonst für deine Gäste, die doch in den gewählten Rollen ordnungsgemäß aufblühen wollen, von Nachteil sein.

Solltest du Unterstützung bei der Auswahl des Liedguts benötigen, kannst du beispielsweise die Burschenschaft deines Vertrauens um Hilfe bitten. Dazu gehst du am besten zu jener, die neben deiner Lokation beheimatet ist. Der Austausch von freundlichen Worten, ein kleines Duell im Morgengrauen oder das Fachsimpeln über Liedtexte kann die zarte Knospe der neuen Freundschaft zum Erblühen bringen.

Alternativ kannst du auch Udo Landbauer anschreiben. Als Burschenschafter wie Liederexperte ist er doppelt geeignet. Und als Abgeordneter zum niederösterreichischen Landtag sowie Klubobmann seiner Partei ist er zudem besonders vertrauenswürdig.

~ ~ ~

Die Auswahl deines Alter Egos

Der wahre Fan will mehr sein, als eine bloße Kopie oder ein schnödes optisches Abbild. Er will vielmehr die Rolle seines Lieblings verkörpern, in ihr aufgehen. Dazu gehört mehr, als nur auf Äußerlichkeiten Wert zu legen.

Bei den vielen herausragenden Persönlichkeiten ist es wahrlich kein Leichtes, sich den einen Lieblingsliebling zu erwählen, den man dann verkörpern will. Als Hilfestellung zur Auswahl habe ich einen kleinen Fragenkatalog vorbereitet. Ich ersuche dich an dieser Stelle um besondere Aufmerksamkeit und nicht bloßes Lesen.

Frage 1: Redest du gerne?

o   Ich bin nicht zu bremsen, außer von zu viel Bowle

o   Das kommt darauf an

o   Ich fabuliere am liebsten inhaltslos

o   (= Schweigen)

Frage 2: Wie ist dein Verhältnis zur Balkanroute?

o   Warum? Gibt's die denn noch?

o   Ich mag meinen Balkon, diese Frage ist unbotmäßig

o   Schließen, Schloss, Geschlossen

o   Der Heiland richtet alles

Frage 3: Wie steht's um deine Begeisterung für große Braune?

o   Große sind immer besser als Kleine

o   Schwarzbraun ist nicht nur die Haselnuss

o   Erdtöne waren mir immer schon am liebsten

o   Eine Melange tut's auch

Frage 4: Wenn du die Worte *"Frauen"* und *"Herd"* liest, was fällt dir spontan ein?

o   Was Gott zusammengefügt hat, darf der Mensch nicht trennen

o   Da muss ich erst meinen Mann / meine Frau fragen

o   Das sind zwei Worte?

o   Momenterl, es raucht gerade aus der Küche ...

Frage 5: Singst du gerne?

o   Nur, wenn auch Wein und Weib mit dabei sind

o   Wenn ich im Stechschritt marschieren darf, dann ja

o   Schon, aber in meinen Liederbüchern ist viel schwarz

o   Wacht auf, Verdammte dieser Erde ...

Frage 6: Wie ist dein Verhältnis zu Rauchwaren?

o   Pfui, die mag ich gar nicht

o   Das kommt darauf an, wo ich sie zu verqualmen habe

o   Gilt ein schwarzer Afghane auch?

o   Kommt Zeit, kommt Rauch

Frage 7: Wie empfindest du den Unterschied zwischen Realität und Wirklichkeit?

o   ja eh

o   In Wirklichkeit arbeite ich im Realitätenbüro

o   Soll ich mich auf Kant, Nietzsche oder Gott beziehen?

o   In Wirklichkeit ist die Wirklichkeit die Wirklichkeit

Frage 8: Wie lange schläfst du normalerweise?

o   Zu kurz, um hier noch mitdenken zu können

o   Ich schlafe solange ich will und damit basti

o   Lange genug, um meine Kinder nicht zu stören

o   Darf ich die Frage auch liegend beantworten?

Frage 9: Sollten politische Entscheidungen eine wissenschaftliche Basis haben?

o   Was genau hat Wissenschaft in der Politik zu suchen?

o   Wissenschaftler waren mir immer schon suspekt

o   Das eine ist fundiert, das andere nicht, also nein

o   Sind Wünschelruten wissenschaftlich? Dann definitiv ja

Auswertung gibt's keine. Ich wollte lediglich einen Anreiz schaffen, damit du dich mit der Materie einmal geistig beschäftigst, bevor du wahl- und ziellos ein Alter Ego auswählst. Und damit wir uns richtig verstehen. Mit den *"großen Braunen"* waren Pferde gemeint.

~ ~ ~

13

Schon die Anreise ist standesgemäß

Nachdem du aufgrund der Beantwortung der Fragen nun weißt, wen du bei der *"Faschingsparty in türkis-blau"* verkörpern willst, geht es jetzt um Tipps und Tricks für die gelungene Umsetzung. Wer wirklich und wahrhaftig in seiner gewählten Rolle aufblühen will, der wartet nicht, bis er auf der Party ist, sondern reist bereits entsprechend an.

Die Schramböck-Rute

Nein, diese Rute hat nichts mit deiner Route zu tun. Vielmehr solltest du, möchtest du als Ministerin für *"Digitalisierung und Wirtschaftsstandort"* auf der Party erscheinen, unter Berücksichtigung von Planetenkonstellationen und lunaren Energien das Pendel schwingen und die Rute wünscheln lassen. Interpretiere am Weg die Aura deiner Mitmenschen und achte peinlich genau darauf, dass die Lichtphysik in Einklang mit der Methode von Dr. Bach steht. Wenn dir das zu viele Blüten treibt, musst du Dir ein anderes Alter Ego suchen.

Die Hofergeschwindigkeit

Um als Minister für *"Verkehr, Innovation und Technologie"* zu reüssieren, ist es relativ egal, mit welchem Verkehrsmittel du anreist. Einzig von Bedeutung ist, dass du es mit mindestens 140 km/h tust und dabei das Rechtsabbiegen bei roter Ampel nicht vergisst. Ein einfaches Unterfangen also.

Das Köstinger-Paradoxon

Die Anreise als Ministerin für *"Nachhaltigkeit und Touris-mus"* ist definitiv etwas für Fortgeschrittene. Gilt es doch ihren Ausspruch *"Da trennt sich a bissl die Realität von der Wirklichkeit"* auch für den unbedarften Laien sichtbar zu machen. Möglich ist das Mitführen eines entsprechenden Schildes oder Plakates, was freilich ein wenig plump, aber deshalb noch nicht unpassend wäre.

Eine andere Alternative ist, sich in Hofergeschwindigkeit fortzubewegen und dabei laut *"gilt eh nicht überall und muss auch erst evaluiert werden"* zu rufen.

Klein, aber hart – Der 150er

Um als Ministerin für *"Arbeit, Soziales, Gesundheit und Konsumentenschutz"* gut auf dem Weg zu sein, reicht es, sich entweder zu Fuß zum Event zu begeben oder aber sich eine Mitfahrgelegenheit zu erschnorren.

Wichtig dabei ist lediglich, dass man stets die üppigen 150 Euro für den Monat mit sich führt und diese mit einem charmanten *"seht's, geht sich alles mehr als locker aus"* jedem Interessierten wie Desinteressierten unter die Nase hält.

Die Moser-Stunde

Wie du als Fan des Ministers für *"Verfassung, Reformen, Deregulierung und Justiz"* weißt, ist Josef Moser nicht nur Jurist, sondern auch Experte für Handwerker und deren Leidenschaft, auch nach 10 Arbeitsstunden so lange zu bleiben, bis die Arbeit fertig ist. Daher liegt es auf der Hand, dass für deine Anreise nur ein einziges Kriterium ausschlaggebend ist: finde einen Transporteur, der seine Maximalarbeitszeit bereits erreicht hat und dennoch weiterarbeiten will. Wenn du trotz Bemühungen keinen findest, wende dich bitte mit einer Beschwerde an Josef Moser und wähle ein anderes Alter Ego.

Die russische Variante

Wenn deine Wahl auf die Ministerin für *"Europa, Integration und Äußeres"* gefallen ist, hast du zumindest anreisetechnisch das große Los gezogen. Du musst lediglich darauf achten, dass das Gefährt, mit welchem du möglichst pompös vorfährst oder noch besser vorfahren lässt, ein russisches Kennzeichen aufweist.

Sollten deine Kontakte zur russischen Gemeinschaft nicht ausreichen, um an eine entsprechende Kutsche zu kommen, reicht auch ein devotes *"I love Putin"* Pickerl aus. Dieses hat jedenfalls den Vorteil, dass es auch an einem Fahrrad angebracht werden kann.

Nur im Galopp geht's flott

Es muss nicht unbedingt im Galopp angetrabt werden, wenngleich es schneller geht und schicker aussieht. Der Vollständigkeit halber erwähne ich aber, dass Pferde das geeignete Mittel für die Anreise jener darstellen, die sich dem Minister für *"Inneres"* besonders verbunden fühlen.

Bitte beachte dabei, dass du auch wirklich *"polizeipferdkonform"* unterwegs bist. Das bedeutet, dass dein Reittier ein Stockmaß zwischen 172 und 178 cm haben muss, nur schwarz oder braun sein darf, zwischen 6 und 10 Jahre alt ist und sowohl Wallach als auch Warmblut sein muss..

Wenn du also glaubst, eine gelungene Kombination aus Kickl und Märchenprinz sein zu können, indem du auf einem Schimmel anreitest, muss ich dich leider enttäuschen.

Solltest du unbedingt als Innenminister anreisen wollen, aber des Reitens nicht mächtig sein oder kein passendes Reittier gefunden haben, bleibt dir auch die schicke Polizeiauto-Alternative.

Falls du über gute Kontakte zur Exekutive verfügst, kannst du dir sogar den originalen Polizei-KTM-X-Bow ausborgen. Falls nicht, dann nimm dir ein Modell ohne Polizeiaufmachung. Dieses Gefährt ist eh so selten wie gewöhnungsbedürftig, dass jeder sofort weiß, was damit gemeint ist.

Hauptsache buntes Gebüsch

Sportlichkeit ist nicht unbedingte Voraussetzung bei der Wahl des Vizekanzlers und Ministers für *"öffentlichen Dienst und Sport"*. Eine Zigarette kann hilfreich sein, ist aber kein Muss. Wichtig ist das Mitführen eines Busches oder einer Konifere, hinter der du von Zeit zu Zeit in Deckung gehst.

Egal welches Verkehrsmittel du wählst, wichtig ist die mitzuführende Paintballausrüstung. Lege bei der Auswahl deines

Helms und sonstiger Schutzbekleidung penibelst darauf Wert, dass sie unter allen Umständen mit einer echten Uniform verwechselt werden kann. Nur die Verwechselbarkeit gibt deinem Outfit den letzten strachigen Schliff.

Wahlweise kannst du den Helm auch gegen ein Mützchen austauschen. Nein, kein gestricktes Hauberl deiner Oma gegen Rechts, sondern eines, wie es von Burschenschaftern getragen wird.

Es ist so geil

Als besonders enthusiastischer Freund der türkis-blauen Regierung kann es natürlich sein, dass du dich mit niemand Geringerem als dem Bundeskanzler selbst bei deiner Auswahl zufrieden gibst. Das ist vor allem dann ein besonderer Vorteil, wenn du nicht allzu anspruchsvoll bist.

Zur adäquaten Anreise benötigst du noch nicht einmal einen Hummer (also die Automarke von General Motors, nicht das Krustentier), eine kleinere klapprige Alternative tut es auch. Ausschlaggebend ist der Schriftzug *"Geil-o-Mobil"*. Wundere dich nicht, wenn du Groupies wie das Licht die Motten anziehst, das gehört dazu.

~ ~ ~

Die perfekte Inszenierung

Margarete Schramböck

Wie du bereits bei deiner Anreise unter Beweis gestellt hast, kannst du mit Wünschelruten und Pendeln gut umgehen. Das alleine macht die Ministerin für *"Digitalisierung und Wirtschaftsstandort"* jedoch nicht aus, liegt doch ihre Energetik-Gewerbeberechtigung in ferner Vergangenheit und wurde per 5. Jänner 2018 beendet.

Als CEO der A1 Telekom Austria war sie zwar nicht mehr erwünscht, was aber auch nix ausmacht. Nur so war ihr doch so der Weg ins Ministeramt geebnet. Ihre Expertise im Bereich *"Digitalisierung"* ist genau das, wo du kreativ ansetzen kannst. Natürlich kennst du ihr Zitat *"Österreich braucht digitale Identität"* und weißt außerdem, dass das Wort *"digital"* auf den lateinischen *"digitus"*, also *"Finger"* zurückzuführen ist.

Immer lächelnd (nicht allzu breit, sonst besteht Verwechslungsgefahr) kannst du also schon alleine durch erhobenen Zeigefinger die Ministerin überzeugend darstellen.
In deinem Zuständigkeitsbereich *"Wirtschaftsstandort"* bist du ebenfalls Expertin, weshalb du in Gesprächen permanent darauf hinweisen solltest, dass *"in Gymnasien nicht für den Markt produziert wird"*.

Produzieren kannst du dich selbst auch gut, wenn du darauf verweist, dass es viele Studienrichtungen gibt, mit denen Unternehmen nichts, aber rein gar nichts anfangen können.

Sollte dein Gelaber auf taube Ohren stoßen, erinnerst du dich an deine energetische Praxis und deine damit verbundene Expertise in Numerologie. Du informierst die anderen Gäste darüber, dass die Zahl 13 nicht nur als Unglückszahl bekannt ist, sondern vor allem dann ihre verheerende Wirkung verbreitet, wenn Vor- und Nachname aus zusammen 13 Buchstaben bestehen. Den Beweis für deine Ausführungen trittst du mit Charles Manson und Osama bin Laden an. Die in diesem Zusammenhang salopp eingestreute Frage *"Na, und wie viele Buchstaben hat Sebastian Kurz?"* wird dir Aufmerksamkeit für den ganzen Abend bescheren, dass alle nur so mit den Ohren schlackern.

Norbert Hofer

Um als Minister für *"Verkehr, Innovation und Technologie"* durchzugehen, stehen dir eine Reihe von Möglichkeiten zur Verfügung, die du nach Lust und Laune abwechseln oder auch kombinieren kannst.

In der Variation *"Bundespräsident der Herzen"* beklagst regelmäßig wie eindringlich die Möglichkeit der Briefwahl und fabulierst außerdem darüber, dass Wahlen per se kritisch zu hinterfragen sind.

In der Variation *"Wundern"* trällerst du eine Abwandlung des Hits von Katja Ebstein mit dem Text:

> *Wundern gibt es immer wieder*
> *heute oder morgen*
> *wundern wir uns sehr.*
> *Wundern gibt es immer wieder*
> *wenn es dir begegnet*
> *gibt es noch viel mehr.*

Um allzuviel Verwunderung seitens der anderen Gäste zu vermeiden, sollten deine Gesangskünste ein gewisses Mindestmaß erreicht haben. Zum Testen empfiehlt sich das vorherige Singen in einer öffentlichen Parkanlage.

In der Variation *"Gorbach Junior"* erzählst du von deinem Ziel, auf den österreichischen Autobahnen flächen- aber nicht klimazieldeckend die 140 km/h zu erlauben. Rezitiere dazu philosophische Abhandlungen zum Thema *"Anreize schaffen statt verbieten"*, die Grundlage für deine Überlegungen zum flotteren Verkehr sind.

Egal, welche Variation du wählst, essentiell bleibt dabei, dass du dich selbst regelmäßig mit Getränken versorgst. Auch wenn ein Kreislaufkollaps verlockend erscheint, so ist damit nicht zu scherzen. Sollte dir dennoch schwindelig werden, sorge dafür, dass dein Handy zumindest auf den Boden, besser noch aus einem Fenster fällt.

Elisabeth Köstinger

Wenn du von deiner Anreise noch mit Schildern betreffend *"Realität versus Wirklichkeit"* versorgt bist, kann das deinen gelungenen Auftritt schon kräftig unterstützen.

Für den hochnäsig-angewiderten Blick, den wir von der Regierungsbank kennen, empfiehlt sich die Unterstützung eines *"Sebastian Kurz"*, der mit gleicher Grimasse nicht nur moralisch unterstützt.

Wichtig für den gelungenen Auftritt ist in jedem Fall das UVP-Unterhaltungsset, bestehend aus Umwelt, Verträglichkeit und einer Prüfung, die keine ist, weil doch alles beschleunigt zu sein hat. Wenn du noch ein kleines Topfpflänzchen mit dir trägst, auf dem mit in rosa gehaltener Schrift *"NGO – No Go"* steht, hast du damit auch die Einwände der Neos hinsichtlich *"Wir lassen uns nicht pflanzen"* elegantest abgedeckt.

Beate Hartinger-Klein, auch KHB (nicht zu verwechseln mit dem schönen KHG)

Unabhängig vom Inhalt dessen, was du im Laufe der Party von dir gibst, verwende stets die Phrase *"Lassen Sie mich einbegleitend sagen"*. Du kannst alles und jeden *"einbegleiten"* lassen, wichtig ist lediglich die gehäufte Verwendung, um als KHB unmissverständlich erkannt zu werden.

Die bereits bei deiner Anreise zum Fuchteln verwendeten 150 Euro kannst du selbstverständlich bei jeder Konversation zumindest einbegleitend wiederverwenden.

Ein weiteres Merkmal, mit dem du als KHB reüssieren kannst, ist deine Meinungsflexibilität. Fabuliere über Dinge, die du spontan deinem Ressort *"Arbeit, Soziales, Gesundheit und Konsumentenschutz"* zuordnen würdest, also zum Beispiel *"Rauchen ist eigentlich nicht gesund"* oder *"Soziale Absicherung ist wichtig".*
Vergiss natürlich nicht, deine Sätze ordnungsgemäß mit Einbegleitung zu formulieren, um den KHB-Effekt zu verstärken.

Nachdem du deine Phrasen einbegleitet gedroschen hast, mache unmittelbar danach einen Rückzieher. Beziehe dich entweder auf das Regierungsprogramm und tu dabei so, als hätten dich die Anwesenden zuvor missverstanden. Oder aber du holst einen *"Sebastian Kurz"* zu Hilfe, der das für dich regelt und die Klarstellung übernimmt. Vergiss nicht, in jedem Fall mit deinen 150 Euro zu fuchteln und dabei zu betonen, dass du sie immer noch hast.

Erwähne beiläufig, aber stetig, dass deine Verdienste um das Verbot der privaten Braunbärhaltung ebenso wenig gewürdigt wurden wie die Verbannung der Haschbrownies aus einschlägigen Konditoreien. Das bringt dir Sympathiepunkte unerwarteten Ausmaßes ein.

Josef Moser

Falls du juristische Grundkenntnisse mitbringst, ist die Rolle des Ministers für *"Verfassung, Reformen, Deregulierung und Justiz"* besonders leicht zu erfüllen.

Wirf in jeder Konversation mit möglichst vielen Paragraphen um dich und behaupte dabei, dass es eben genau jene Gesetzestexte sind, die eh keiner mehr braucht. Wenn von anderen Gästen, vornehmlich wichtigtuerischen Juristen, Einwände kommen, erklärst du ihnen, dass es sich bei den zitierten Paragraphen eh nur um Gesetze oder Verordnungen handelt, die vor dem Jahr 2000 erlassen wurden. Das sollte ausreichend kalmieren und deine Darstellung bestärken.

Vergiss nicht, deine Expertise betreffend der Handwerker abzugeben, die früher unglücklicherweise nach zehn Stunden zusammenpacken mussten. Erwähne dabei die Vorteile des freiwilligen 12-Stunden-Tages und lobe den Kanzler.

Wenn dir diese Ausführungen zu wenig sind oder dir die *"Herbert Kickl"*s auf der Party wenig zu Gesicht stehen, kannst du auch darauf hinweisen, dass dank dir die Betreuung von Asylwerbern weiterhin bei den NGOs bleibt. Nimm dazu mindestens einen Fetzen in die Hand und lass diesen fliegen.
Damit kannst du die anwesenden *"Kickls"* aus der ministerialen Reserve locken, weil diese erbost wie phantasiebegabt *"wir sind weder in der Textil- noch in der Reinigungsbranche"* kontern werden.

Herbert Kickl

Die Rolle des Ministers für *"Inneres"* ist besonders dann für dich gut geeignet, wenn du gerne reitest und noch besser wie ein Honigkuchenpferd strahlen kannst.

Achte bei deinem Auftritt auch darauf, eine unglaublich (und eigentlich viel zu) große Tasche mitzuführen. Fragen nach deren Inhalt schmetterst du mit *"Ich habe Recht, Sie haben Unrecht"* ab und machst dabei eine möglichst verächtliche Miene.

Erwähne aktiv in jedem Gespräch das Thema BVT, um komischen Fragen zuvorzukommen. Dabei hast entweder die Möglichkeit, dich für nicht zuständig zu erklären oder die Variante *"ich kann auch nicht alles wissen"* unter das gemeine Fußvolk zu bringen.

In jedem Fall solltest *"Schutz der eigenen Sicherheit bei Amok und Terror"*-Flyer mitbringen und verteilen. Fabuliere nicht nur über die immanent-permanente Präsenz von Amok und Terror, sondern erkläre dem verschreckten Publikum vor allem die Maßnahme des *"Versteckens"*. Sie werden erstaunt an deinen Ohren hängen, wenn sie erfahren, dass große Gegenstände besonders gut zum dahinter verstecken geeignet sind. Die Erkenntnis, dass man im einem Versteck möglichst leise sein sollte, hat ebenfalls Potenzial, dich zum absoluten Helden der Party werden zu lassen.

Karin Kneissl

Als Ministerin für *"Europa, Integration und Äußeres"* darfst du selbstverständlich, wie jeder andere Partygast, eine Begleitperson mitbringen. Du weißt, wer mit dir Seite an Seite durch die Räumlichkeiten lustwandeln muss, damit du sofort als Karin Kneissl identifizierbar bist, korrekt? Vladimir Putin, es sei an der Stelle nur der Form halber erwähnt, hat übrigens auch einen 13 Buchstaben-Namen.

Verhalte dich sonst eher unauffällig, aber wortgewandt. Sollte Vladimir Putin für dich als Partypartner überraschenderweise nicht zur Verfügung stehen, weil du eben doch nur dem faulen Fußvolk entstammst, so kannst du mit einem Knickserl hie und einem Knickserl da für internationales Flair sorgen.

Zu beachten ist dabei lediglich, dass du nicht vor irgendjemanden einknickst. Devotes Verhalten macht nur dann wirklich Sinn, wenn es bei einer höhergestellten Person angewandt wird. Solltest du keine finden oder keine als solche empfinden, bietest du dem nächstbesten Gast einfach dein mitgebrachtes Stockerl an.

HC Strache

Als Vizekanzler und Minister für *"öffentlichen Dienst und Sport"* hast du den Vorteil, dass schon auf Grund deiner Paintballausrüstung gut erkennbar bist.

Freilich möchtest du nicht nur auf Äußerlichkeiten reduziert werden, weshalb auch für dich die zwischenmenschliche Kommunikation von größter Bedeutung ist.

Egal, um welches Thema es sich handelt und unabhängig von Ansichten oder Meinungen, kannst du immer und überall den Satz *"Ja, darüber lässt sich trefflich streiten"* einstreuen.
Du darfst keinesfalls das Wort *"trefflich"* vergessen, sonst wirst du noch mit einem gewöhnlichen wie weniger eloquenten Zahntechniker verwechselt.

Ansonsten machst du das, was du bereits während deiner Anreise praktiziert hast. Du machst lustige Paintballspielchen und versteckst dich bei deinen Attacken hinter dem mitgebrachten Bäumchen.
Sollte jemand auf die Idee kommen, dich wegen deiner Verhaltensauffälligkeiten ins rechte Eck zu stellen, gibst du ein entrüstetes *"das bewerte ich als gelebte Sauerei mir gegenüber, die von Herrschaften kommt, die eine politische Motivation haben!"* von dir. Das wird deine Gegner dorthin verweisen, wo sie hingehören, nämlich in den Moloch der FakeNews-Fabrikanten.

Sebastian Kurz

Wie schon bei Norbert Hofer stehen dir auch beim Bundeskanzler mehrere Variationen zur Verfügung.

Die allseits beliebte *Routenvariation* ist ausnehmend einfach, wenngleich du Gefahr läufst, dein Umfeld extrem zu fadisieren.
Was dir aber herzlich egal sein kann, bist du doch als Bundeskanzler auf dem Feste unterwegs. Erwähne in jedem Satz irgendwas mit *"Balkanroute"* oder *"Mittelmeerroute"* und vergiss dabei nicht *"von mir geschlossen"* dazuzugeben. Wenn du dann auch noch *"Migranten"*, *"Flüchtlinge"* oder *"Asylwerber"* mit in den Satz einbaust, steht deinem Erfolg nichts mehr im Wege.

Ein bisschen schwieriger, wenngleich ähnlich simpel gestrickt, ist die Variante *"Sozialschmarotzer"*. Auch hier läufst du Gefahr, dein Publikum dank der simplen Messages zu fadisieren. Der Vorteil dieser Variation liegt in der möglichen Gesamtperformance. Bring zu diesem Zwecke deine eigene Hängematte mit, in der du gemütlich baumelst, während die anderen Gäste ihrer Pflicht nachkommen und sich amüsieren.

Wenn du jetzt noch pantomimisch den faulen Langschläfer mit Mindestsicherungsbezug hinbekommst, der seine Hängematte erst verlässt, wenn die Kinder in die Schule gegangen sind, dann bist du das, was du sein solltest – der Star des Abends.

Die Variation *"Schweigekanzler"* ist die schwierigste und einfachste zugleich. Es hängt ganz davon ab, wie gesellig und gesprächig du von deiner Natur her bist. Wer eh nie etwas sagt, dem sei diese Variation ans Herz gelegt.

Egal wer dich was fragt, du sagst einfach einfach nix. Also wirklich nix. Nix nix. Am besten gehst du einfach weiter, bevor der Gesprächspartner vielleicht penetrant wird und unter Einbeziehung unlauterer Mittel wie Kitzeln doch noch einen Laut aus dir herausquetschen kann.

Das Harald-Vilimsky-Special

Eine einfache Übung auch für den jungen, unerfahrenen Partygast. Als EU-Abgeordneter Vilimsky hast du eine einzige Aufgabe: trink möglichst viel Champagner aus ungeeigneten Behältnissen. Ob du ein Wasserglas, einen Pappbecher oder eine Blumenvase verwendest, bleibt dir überlassen.

Erzähle deinen Gesprächspartnern von deiner Abneigung gegenüber Champagner und vor allem davon, dass du noch nie, in deinem ganzen langen Leben nicht, weder privat noch dienstlich, weder auf Einladung noch auf Selbstzahlerbasis, weder bei Tage noch bei Nacht, also wirklich niemals und nicht Champagner getrunken hast.

Während du durch die Partyräume flanierst, musst du unbedingt Ausschau nach Gästen halten, die schwach auf den Beinen stehen. Sitzen gilt auch.

Bezichtige sie der Trunkenheit und fordere sie laut (damit es auch wirklich hören) auf, die Party unverzüglich zu verlassen.

Sollte es mit dem blauen Nebel um Mitternacht aus technischen oder sonstigen Gründen nicht funktionieren, so kannst du auf jeden Fall mit der großen *"Tasershow"* für Abhilfe sorgen. Dazu erklimmst du entweder die Bühne oder stellst dich einfach in die Mitte des Raumes.

Danach übergibst du deinen mitgebrachten Taser einer freiwilligen Testperson, die dich dann tasert. Im Anschluss daran rufst du *"Das kann doch einen Vili nicht erschüttern"* in die aufgeregte Menge und hoffst auf weitere Testpersonen. Wie lange du diese Show durchhältst, hängt von deiner Konstitution und Laune ab. Ein bisserl was sollte aber schon gehen, sonst gehst du nicht als Harald Vilimsky durch und suchst dir besser eine andere Rolle.

~ ~ ~

Das Highlight der Saison

Wenn du diesen Führer aufmerksam studiert und alles ordnungsgemäß umgesetzt hast, ist davon auszugehen, dass deine *"Faschingsparty in türkis-blau"* das Highlight der Saison war. Vielleicht hat dich der Führer sogar dazu inspiriert, deinen Freunden von ihm zu erzählen, die dann ebenfalls ein türkisblaues Fest zu Ehren der Regierung und deren Fans ausgerichtet haben. Eine Welle der Solidarität und Freude könnte über das Land schwappen.

Da würde man es nämlich wieder sehen: jeder noch so kleine Führer kann die Welt verändern.

Wenn du gerne über dein eigenes Fest oder deine Teilnahme an einer anderen türkis-blau-Huldigungs-Fete berichten möchtest, dann schick deine Ausführungen inklusive Fotomaterial an:

fasching@danielakickl.com

Damit der Abschied von Basti, Bumsti & Co. nicht gar so schwer fällt, empfehle ich dir meine Brieferln an den Herrn Cousin Innenminister.

https://danielakickl.com/buecher/

Und erwarte stets das Unerwartete. Der nächste Führer ist nämlich bereits am Entstehen.